SOMBRAS

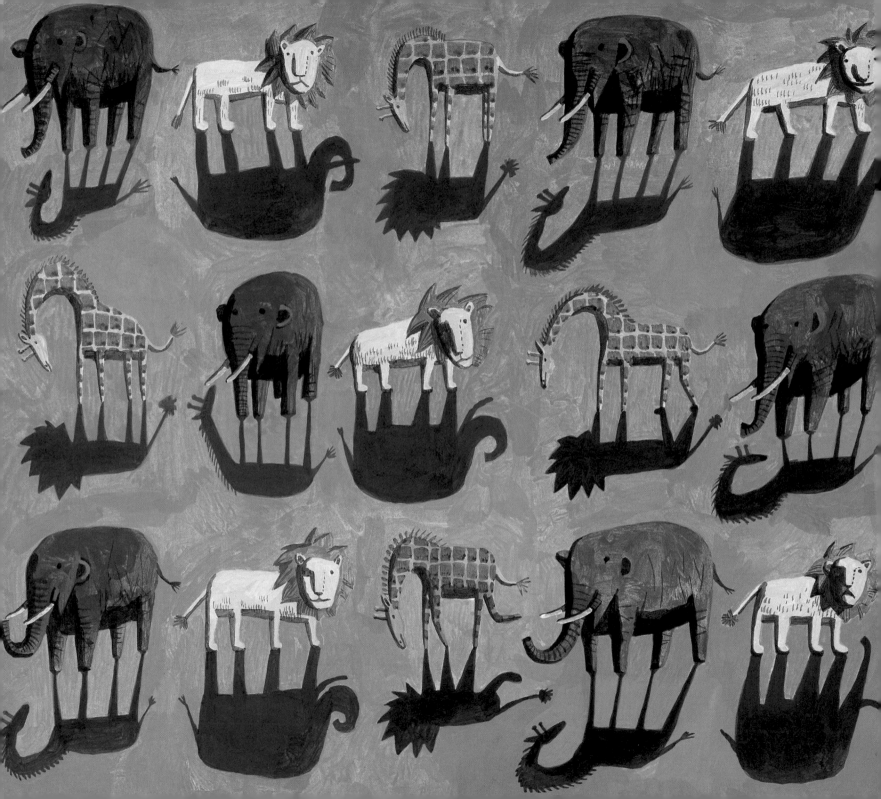

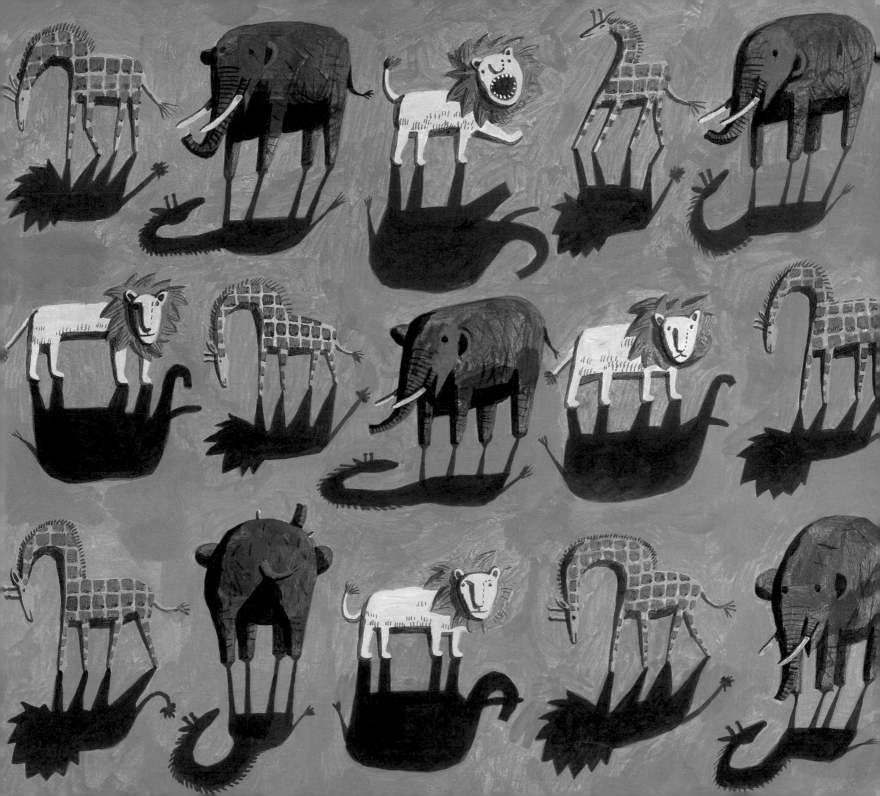

Janisch, Heinz
    Sombras / Heinz Janisch ; traductora Olga Martín. --
Bogotá : Grupo Editorial Norma, 2008.
    32 p. : il. ; 28 cm. -- (Buenas noches)
    Título original : Schatten.
    ISBN 978-958-45-1038-9
    1. Cuentos infantiles austriacos 2 .Imaginación -
Cuentos infantiles 3. Libros ilustrados para niños
I. Martín, Olga, tr. II. Tít. III. Serie.
I833.91 cd 21 ed.
A1161167

    CEP-Banco de la República-Biblioteca Luis Ángel Arango

Título original en alemán:
Schatten
de Heinz Janisch

ISBN 978-958-45-1038-9

Impreso por Cargraphics S.A.
Impreso en Colombia
Marzo de 2009

www.librerianorma.com

Traducción: Olga Martín
Diagramación y armada: Patricia Martínez Linares
Elaboración de cubierta: Patricia Martínez Linares

C.C. 26000502
EAN 9789584510389

SOMBRAS

Heinz Janisch | Con ilustraciones de Artem

GRUPO
EDITORIAL
norma

Bogotá, Barcelona, Buenos Aires, Caracas, Guatemala, Lima, México, Miami, Panamá,
Quito, San José, San Juan, San Salvador, Santiago de Chile, Santo Domingo.

El sol está alto en el cielo. Todo duerme. La casa, el prado, la cerca, los árboles, las tumbonas, las personas echadas en ellas.

—Voy a dar una vuelta —dice Sergio.
Lo dice en voz muy baja para no despertar a nadie.
Camina hacia el portón.
Se sorprende con las sombras del jardín.
No parecen estar dormidas.

Un viejo está sentado en una banca.
Tiene los ojos cerrados.
Aparece un pájaro, revolotea un rato sobre su cabeza,
luego vuelve a alzar el vuelo.

Un perro inmenso pasa corriendo junto a Sergio.
Él se ríe al ver la sombra.
Después descubre un gato delante de un alto muro.

Un hombre y una mujer están en la mitad de la acera.
Sergio tiene que hacerse a un lado.
La mujer y el hombre se miran tímidamente.
Sergio sonríe.

Una chica pasa montando en bicicleta.
Sergio casi se tropieza con su sombra.
Luego se queda mirándola un buen rato.

Sergio camina hasta el puerto.
Se sienta en una piedra y contempla a los pescadores.
Un velero se desliza sobre el agua.

Sergio va a su lugar preferido, el faro.
Toca una piedra determinada en el muro;
esa es su señal de saludo.
Maravillado, contempla la sombra del faro.

Sergio sigue paseando hasta el zoológico.
Un hombre y una niña caminan hacia él.
Sergio sabe enseguida qué animales han visto.

LEÓN

ELEFANTE

Sergio tiene un carné de abono anual para el zoológico.
Por eso no tiene que pagar nada más.
Pasa junto a los leones, los elefantes, las jirafas...
Él va con frecuencia al zoológico y conoce a la mayoría
de los animales, pero esta vez todo está distinto.

Cuando Sergio regresa a casa, todos siguen durmiendo.
Atraviesa el jardín sin hacer ruido.
Sólo al abrir la puerta, ve la sombra gigantesca que lo ha seguido.
—Ay, ¡hola! —dice Sergio—. ¡Entra!

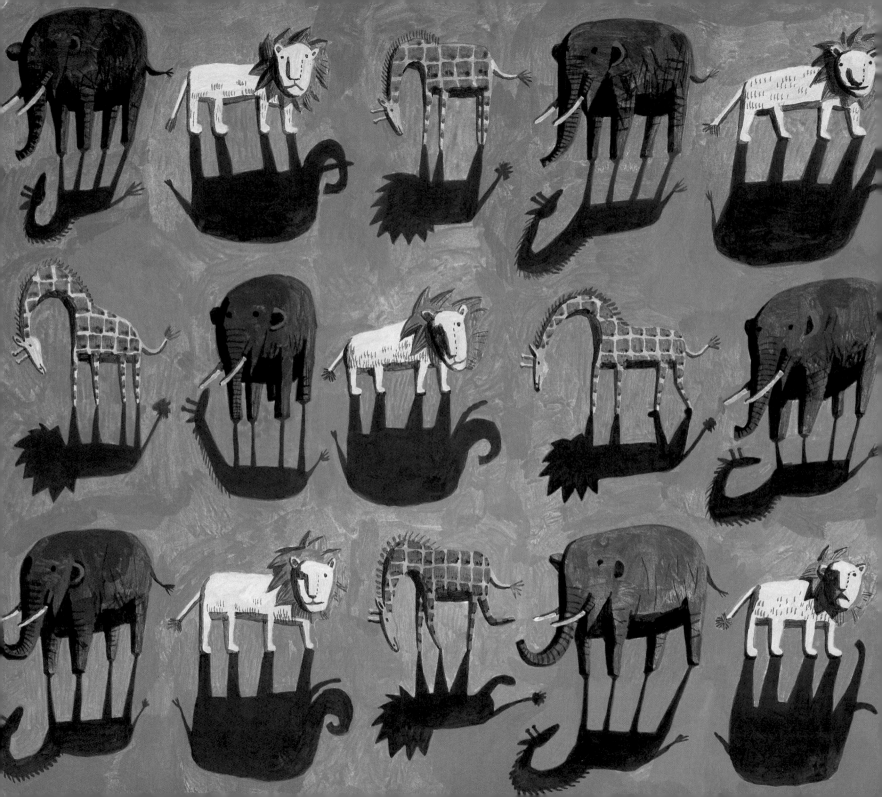

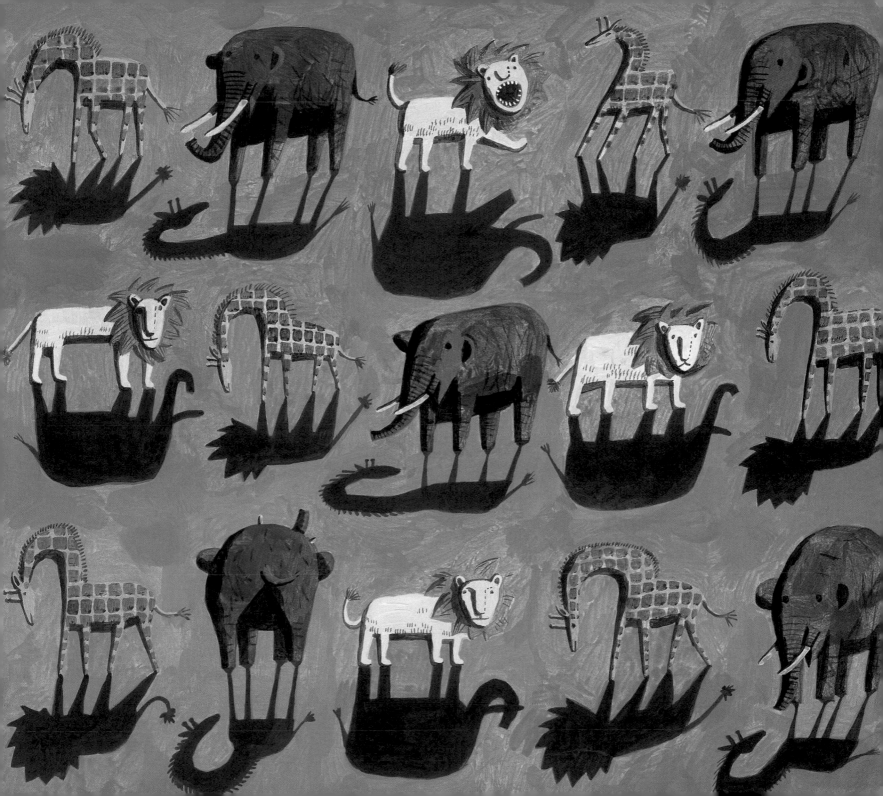